AF402819

IL BEATO MACARIO

PIERANGELO BARATONO

© 2023 Culturea Editions

Texte et illustration de couverture : © domaine public
Edition : Culturea (Hérault, 34)
Contact : infos@culturea.fr
Retrouvez notre catalogue sur http://culturea.fr
Imprimé en Allemagne par Books on Demand
Design typographique : Derek Murphy
Layout : Reedsy (https://reedsy.com/)

Dépôt légal : janvier 2023
Tous droits réservés pour tous pays

ISBN : 9791041844364

LE PRIME PENITENZE

I

Al tempo dei tempi, quando ogni cosa era di bronzo — e, anche, i cuori e le facce degli uomini — scivolò all'onor del mondo un pargoletto, destinato dalla benigna sorte a mostrare esempio di rare virtù. Sin dai primi vagiti, difatti, l'eccelso personaggio, che doveva poi, col nome di Macario, vivere e morire diffondendo intorno a sé un acuto odore di santità, volle appalesare con chiari segni la propria missione opponendo un fiero corruccio agli osceni allettamenti dei sensi e rifiutando il latteo alimento sol perché offertogli in una coppa di carne nuda da una poco timorata nutrice. Con irati gesti e mugolii disapprovatori egli respinse, dunque, ben tre volte la coppa: e, forse, avrebbe prematuramente rinunciato a un'esistenza, che si rivelava piena di tentazioni peccaminose e di scandali, se la materna sollecitudine non si fosse affrettata a licenziar sui due piedi la proprietaria di un calice così dolce al tatto e così amaro per l'anima, e a comprare un biberone, che porgesse sostegno e cibo alle ancor deboli forze del bimbo.

Era, questo biberone, una lucida e garbata bottiglia dal collo cilindrico rivestito di un fodero di cauccìù, che s'arrotondava, forato come un capezzolo, all'estremità: e avrebbe fatta la delizia del piccolo Macario, se le naturali conseguenze degli approcci tra le labbra e la tornita punta di cauccìù non fosser sopraggiunte a sconvolgere i visceri del golosetto, costringendolo a metter da banda ogni scrupolo di pudicizia e ad esporre alla luce una nudità rosea e pienotta al pari di quella, già offerta in spettacolo dalla nutrice, ma situata nella parte diametralmente opposta del corpo. E fu appunto per non dare più inverecondo pascolo agli altrui sguardi che Macario, dopo una ponderata riflessione, deliberò di far penetrare il liquido latteo a traverso la porta di uscita di modo ch'esso, poi, seguendo la via inversa, trovasse meno sconcio sfogo a traverso la porta di entrata. Scelto, dunque, il momento propizio, egli procedette con fermo animo a un'operazione che, solitamente, richiede altre età ed altri ordigni: ma, il crudele ospite avendo recata troppo grave offesa al tenero alloggio, orribili strida riempiron subito di rumore la casa e di sgomento la madre. E Macario dovè soggiacere al supremo oltraggio dell'esame di un esculapio, chiamato ed accorso in gran fretta. Ma il savio medico, osservata con diligenza la parte lesa, la trovò, se bene non più intatta, illibata: così potente è la sanatrice efficacia della virtù anche nelle corporali faccende. E poiché il duro ricordo del biberone appariva stimolo sufficiente a vincer qualunque ritegno del pudore, Macario, vedutasi a portata di mano la zia Sofonisba, in un batter di ciglia la sbottonò ove le carni mostravan maggiore opulenza per impadronirsi con le dita e con le labbra, nonostante le proteste dell'indignata matrona, di una rotondità sulla quale i pigri ozi dei molti anni di vita casalinga avean deposto, in generosi strati, il burro della pinguedine.

E il pargolo sembrò, allora, un naufrago avvinghiato ad un otre.

Giunto all'età, nella quale il sangue, fermentando e scorrendo con rinnovato impeto per le vene, sveglia la sonnacchiosa fantasia e i sensi sconvolge con ogni sorta di pruriti, Macario cominciò ad aver seco stesso lunghi colloqui ed aspri diverbi. Qualche volta, sull'alba, destato di soprassalto da un'insopportabil tensione dello spirito — e, anche, del corpo — egli si chiedeva esterrefatto:

— Cosa sono, dunque, e a che valgono le virtù di un'anima ben macerata, se non riescon neppure a moderare i movimenti di questo involucro di carne?

Altre volte, durante il giorno, còlto di sorpresa da qualche spettacolo allettatore, sostava gemendo:

— Perché il vizio si presenta sotto così leggiadre forme e non, piuttosto, con l'edificante aspetto di una pingue zia Sofonisba?

Ma le notti costituivano il suo maggior supplizio, poiché si popolavano quasi sempre di immagini purpuree stagliate sovra un orizzonte di fuoco e lo costringevano ad agitarsi nell'incubo e a fare il letto ricettacolo di quei trasudamenti di febbre.

— Io mi trovo in stato di peccato!, singhiozzava, destandosi, l'infelice adolescente: e il mio peccato è ancor più riprovevole, poiché la volontà, invece di ostacolarlo, ne diviene complice!

Un mattino, mentr'egli volgeva le più aspre rampogne al maggior responsabile del cruccio, Undimilla, vergine cugina, irruppe nella camera e, con piè veloce e scrosci di risa, si frappose tra l'accusatore e il reo. Poiché il cuore di Macario tanto era propenso alle confidenze, quanto poco appariva disposta la fanciulla ad allontanarsi per non udirle, una fiumana di commosse lamentele non tardò a sgorgare dalle labbra del giovane martire, mista a parole di sincero pentimento e a fermi propositi di espiazione. Undimilla, adesso, non rideva più: anzi, per dimostrare sino a qual punto partecipasse al salutifero odio verso le manchevolezze della carne, con pupille pregne di una sempre maggiore minaccia guatava il corpo del delitto.

— Dunque, concluse allorché Macario ebbe finito di snocciolare il mea culpa, tu commetti peccato solo perché ad esso non si oppone la tua volontà.

— Ahimè!, gemette Macario.

— Ed io, allora, per impedirti di peccare, sopprimerò la tua volontà legandola, insieme al corpo, con una corda robusta.

Così, Undimilla vergine sciolse i dubbi e fugò le ambasce dello spirito immortale, stringendo con saldi lacci e dita tenaci il mortale involucro, nel suo tutto e nelle sue parti. E Macario, presi a testimoni il cielo e le pareti della stanza, poté con anima rappacificata esclamare:

— Mi è usata violenza! Ah! Ah! Mi è usata violenza!

PARAGONE CON GIOSEFFO EBREO

Nella Mirabile Vita di Gioseffo ebreo, composta per delizia e conforto delle anime da Nepomuceno, storico alessandrino, si legge come Gioseffo fantolino porgesse uguale edificante esempio di pudicizia, volgendo vergognosetto il dorso ogni volta, ch'egli vedeva un uomo ignudo. E tale era la sua tèma di offendere, senza volerlo, la verecondia, che, non pago di cuoprirsi accuratamente da sé, si faceva cuoprire anche dagli altri.

Candido in sommo grado si dimostrava egli, inoltre, e alieno da ogni pensiero peccaminoso. Così candido era, che, venduto dai fratelli e trovatosi giovinetto inerme fra mezzo a una torma d'uomini virilmente armati, in niun altro modo protestò contro la sorte, se non col dire:

— Sia lodato il cielo che, volendo sottopormi a una prova, si benignò di prescelier la più dura!

III

Fu entro una camera d'albergo che Macario giovinetto si accostò, per la prima volta, agli amorosi misteri. La stanza era angusta, trasandata e d'umil mobilio; ma la specchiera, appesa ad una parete, si mostrava ampia e tersa e di gran pregio: e aveva, anche, il dono della favella, tant'è vero che cominciò a dire:

— Odi, o garzone. Che tu rimanga lì imbambolato a guardarmi, poco o nulla m'importa; ma che tu faccia codeste smorfie, no, veramente, non è tollerabile. E odi ancora. Molti macachi, ho conosciuti: e, tuttavia, mai ne vidi alcuno, che ti valesse. Ritorna, figliuolo, ritorna nella foresta e scegli, come alloggio, una pianta. Giuro che gli altri scimmiotti ti eleggeran subito principe. Che pensi? Di diventare vezzoso facendo codeste boccacce? Sbagli, sbagli, o garzone. O, per lo meno, rischi di metterti sopra una falsa strada.

La specchiera doveva esser gonfia di parole; e avrebbe continuato a discorrere un pezzo. Ma, in buon punto, le furon troncati da Macario il sermone e il respiro.

— Oh, dunque, cosa puoi rimproverarmi? Se ancora dimostro qualche impaccio da bennato giovine di provincia, e tu incolpane Undimilla vergine che, sino a ieri, mi tenne vincolati il corpo e la volontà. Ho diciott'anni, diciott'anni, comprendi? E sono venuto nella grande città, provvisto di un gruzzolo e di saggi consigli, appunto per svincolarmi e disimpacciarmi. Il gruzzolo me lo diede mia madre; e i saggi consigli li devo a un venerando esculapio, il quale, dopo aver esaminato accuratamente il mio fisico, parlò in questi termini all'anima: «I palliativi, nelle malattie gravi, sono dannosi e non utili. E poiché la tua malattia, causata dalla privazione del vero farmaco e dall'abuso dei palliativi, è gravissima, occorre che tu apparecchi subito le valigie per andare lontano di qui alla ricerca della guarigione. Conosco i tuoi timori e gli scrupoli: e, per ciò appunto, ti mando fuori dalla tua terra, ove il rimedio costituirebbe scandalo e, quindi, peccato». «Ma qual è il farmaco?», chiesi. «È l'amore!», sentenziò il savio medico. «Ma l'amore non si risolve sempre in peccato?», obiettai timido. «No, figliuolo, se non è esposto a nudo e non dà scandalo».

La specchiera traballava tutta, così intenso era il suo sforzo onde contenere le risa. Ma, ad un tratto, ridivenne seria e immobile.

— Scusi, vuol essere svegliato per tempo, domattina?

La voce, che passava a traverso l'uscio, aveva un suono fresco e squillante: voce di donna, e di donna giovane.

— Entri! Così, potremo intenderci meglio.
La porta si aprì. E rimase aperta solo il tempo necessario per dare passaggio a un corpo non troppo voluminoso, anzi piuttosto mingherlino, ma, in compenso, eccessivamente irrequieto.

— Per favore, non chiuda. Devo scappar via subito. Ho mille incombenze da sbrigare. Sa! L'albergo è grande, ed io son così piccola!

— Abbia pazienza. Chiudo per evitar la corrente. E ho bisogno di spiegarle tante faccende. Per esempio, il caffè, al mattino, mi piace con un poco di latte: oh, poco poco, perché non mi rammenti un biberone della mia infanzia! Ma con molti biscotti: moltissimi, anzi.

— È goloso, il monello!

— Così. E mi fanno gola anche le ciliege, se somigliano alle sue labbra!

— Stia fermo! Oh, quanta furia!

— Non è mia la colpa, se non ho tempo da perdere.

— Si spieghi.

— Mi spiego. Devo trovare senza indugio il farmaco che guarisca una grave malattia.

— Quale malattia?

— Abuso di palliativi. E un savio esculapio mi ha detto che c'è un solo rimedio: l'amore.

— E si rivolge a me, per questo farmaco?

— Il venerando esculapio ha soggiunto che l'amore esige luogo acconcio a evitare ogni motivo di scandalo ed una vivace pedagoga.

— Che le impartisca un corso, possibilmente accelerato, di lezioni.

— Ecco! Proprio così!

— Stia fermo! Ouf! La finisca!

— Finirò se la pedagoga vorrà cominciare.

— Badi che le lezioni costano un occhio.

— Si spieghi.
— Mi spiego. Ogni fatica merita premio. Anche le pedagoghe, dunque, hanno diritto a un compenso. E se, poi, si tratta di un corso accelerato...

— Capisco. Ma potremmo riparlarne più tardi!

— Piano! Oh, i miei capelli. Piano, per carità! Guai se l'albergatore sospettasse!

— L' albergatore?

— Sì... No! No! N...

L'ultimo «no» rimase entro la strozza, sopraffatto dal brusco sbatacchiar della porta. Un urlaccio, una fuga rapida della servetta: poi, l'uscio si richiuse.

E si riaprì soltanto dopo che Macario, vergine e martire, ebbe deposto, sopra la palma aperta di una mano d'ostiere, il prezzo di un ammaestramento, che nessuno gli aveva impartito.

Poca cosa una servetta; né c'era da rammaricarsi troppo, alla fin fine, per l'intervento dell'albergatore. Una gentildonna, al contrario, una onorata sposa poteva lusingare l'orgoglio e consentire all'anima di nutrir fede in una assai miglior soluzione. Pedagoga con i fiocchi e i pizzi e le seterie: e non chieditrice di compensi!

La gentildonna, inoltre, mostrava grande desiderio di propinare l'ammaestramento. Ma molti ostacoli si frapponevano: un natural ritegno, la necessità di trovare luogo propizio e altri consimili ammennicoli! Solo il marito non dava inciampi di sorta; sorrideva, anzi, da lungi alla consorte, né faceva cenno di volerle, puta caso, domandare: «Chi è, o cara, codesto giovane, con cui accalorata discorri?».

— Macario, ella è uomo pernicioso, poiché vorrebbe indurmi a compiere un'azione malvagia.

Chiare parole, queste, che aprivan la porta ai sogni più dolci. Ma altre, e ben diverse, seguivano:

— Il posto è in una strada troppo battuta. Le pare... In quel palazzo alloggia una mia buona amica. Le pare? ... È un albergo di cattiva fama. Le pare?...

Né il luogo propizio sarebbe stato trovato, se la gentildonna medesima non avesse avuto una generosa ispirazione.

— O Macario, domani, nel pomeriggio, venga in casa mia. Parleremo con maggior agio. Non potrò presentarle il mio consorte che, in quelle ore, è tra faccende: e me ne duole! Né altro potrò offrirle, se non un tè preparato dalle mie mani, poiché la fanticella, domani, avrà licenza per l'intiera giornata.

— Il tè mi preme poco: e, anche, il suo consorte.

— Pernicioso pessimo uomo! Dunque, l'attenderò... Ah, smemorata! Dimenticavo che, proprio nel pomeriggio di domani, sarò costretta ad uscire.

— Per qual motivo, se è lecito?

— Ahimè, per ritirare un monile, foggiato così e così da un orafo esperto.

— Potrò ritirarlo io stesso, purché ella si fidi!

— Mi fido. Ma ignoro il prezzo: e l'orafo vorrà esser pagato.

— Pagherò io, per suo conto.
— Purché ella si fidi!

— Mi fido. A domani, dunque.

— A domani.

Un monile così e così: ma chi impediva alla gentildonna di andare un altro giorno a ritirarlo? C'era un poco di buio, lì sotto!

Molto buio.

— Grazie, o Macario. Ella è stato veramente cortese. Dia pur qua: e si accomodi. Il tè lo preferisce col latte?

— No, niente latte (o biberone della mia infanzia!); ma non s'occupi, adesso, del tè.

— E perché s'occupa ella, dunque, della mia mano?

Un giovane, che cominci a correre, non rallenta il passo per esortazioni. E certo, nonostante il tè e i tristi ricordi d'infanzia, l'ammaestramento sarebbe stato impartito se, al primo inizio, una gagliarda spinta non avesse fatta spalancare la porta del salottino.

— Ah, traditori! E tu, vile adultera...

Ma la vile adultera era scomparsa come per incanto; e Macario scendeva già a precipizio le scale e profonde grazie volgeva alla sorte amica, che gli avea consentito di salvarsi lasciando solo un monile così e così a testimone del chiesto, se bene non ricevuto ammaestramento.

Se le accasate gentildonne possono riserbare qualche poco gradita sorpresa, una vedova, non vincolata ad alcuno, deve aprir l'adito non a timori, bensì a grandi speranze: specie se ella sia sovrana dispotica in una ben assettata bottega ed abbia come unico — e molto devoto — suddito un faccendiere carco d'anni e d'esperienza e di ventraglia. E, tuttavia, sorgono intoppi anche sovra le strade più lisce. Con la donna dai veli vedovili l'intoppo assumeva una forma, che in ogni altra contingenza sarebbe stata fonte di inesauribili letizie: si manifestava, ovverossia, col piacevole aspetto di uno smodatissimo amore. Baci e moine e parolette tenere piovevano a iosa; e lunghe passeggiate crepuscolari, a braccetto, per i viali deserti, agevolavano quella dolce pioggia. Ma, frattanto, la pedagoga, pur mostrando di aver caro il discepolo come le pupille degli occhi, rifiutava caparbia il primo ammaestramento essenziale.

— Troppo ti amo, sospirava: e ho paura. Paura che tu mi abbandoni, comprendi? Sei giovane d'anni: e ignori che gli uomini presto si stancano e obliano. Anche tu, al pari degli altri, ti stancheresti. No! Non voglio! Non voglio!

— E, dunque...?, obiettava Macario.

— Dunque, concedimi tempo per approfondire sino a qual punto tu mi ami.

Insopportabile sembrava il ritardo all'impazienza di Macario, vergine e martire. Ma la dabben vedovella era così pronta a consolarlo con i baci e le parolette tenere e le moine! E la bottega appariva così linda e tranquilla con le sue cianfrusaglie allineate in ordine nelle vetrine e con l'attigua stanzetta immersa in soporifica penombra e col faccendiere ventruto.

Calmo era e ventruto, il faccendiere; eppure, a volte, aveva tòni di voce e gesti, che sarebbero stati consentiti soltanto a un padrone.

— Come puoi permettergli?..., chiedeva Macario durante le passeggiate crepuscolari.

— Da tanti anni è in negozio: sin dai tempi del mio consorte, pace all'anima sua! E mi consiglia, e mi aiuta a tenere a galla la barca. Volentieri rimarrei sola: sola con te, bene mio! Ma la barca ha qualche falla. Ed egli lo sa: anzi, sta mettendo da parte, a poco per volta, i denari necessarii per liberarmi dagli impegni e divider, poi, meco il dominio.

La vedova sospirò, e aggiunse con lieve voce:

— Avrei bisogno di qualcuno, che veramente mi amasse. Col cuore, né con le labbra soltanto.

— E, dopo, sparirebbe il faccendiere?
Macario non potè dire altro! La donna lo aveva avvinghiato con braccia tentacolari e lo stringeva e lo baciava e lo baciava e lo bagnava di lacrime.

— Ora sì, che conosco il tuo amore! Oh, poco contano i denari: e ancor meno gli impegni, dai quali son minacciata. Il tuo gesto vale! Mi ami, sì, veracemente mi ami!

— Domani sera, avrò meco le polizze, riscattate dai tuoi persecutori, giurò Macario commosso: ma tu prometti, a tua volta, che diverrai pedagoga.

Il domani, infatti, cadute le ombre del crepuscolo, la gentil vedovella insinuò una chiave fra le dita del giovine allievo, sussurrando:

— Và ad aspettarmi nel negozio. Apri piano, che nessuno senta, e lascia la porta accostata: e nasconditi dentro il retrobottega.

Rincantucciato fra le tenebre, Macario attende. Di fuori, giunge il suono di un passo di viandante, si smorza, dilegua; poi l'uscio cigola lievemente. Macario, nello stanzino, non ha visto lo spicchio di luce, che s'è adagiato, per un attimo, sul liscio pavimento; ode, però, il cauto rumore della porta, che si richiude, e pensa gioiosamente:

— È entrata! È qui!

Allunga, egli, le mani, annaspando. Ma che cosa ha urtato, nel buio? Una gonfia e molliccia rotondità: simile in tutto a una pancia obesa.

E, zampillando fulminea, una voce acre gli ferisce l'orecchio:

— Che bravo giovane, davvero! Per questo, dunque, corteggiavi la mia padrona? Per derubarla, vuotarle la bottega? Ma griderò e farò accorrere gente: e ti svergognerò innanzi al mondo!

Nessuno, tuttavia, fu chiamato: poi che Macario, onde sottrarsi allo scandalo, aveva compensato, con un pronto dono di polizze riscattate, l'ammaestramento, che non gli era stato impartito.

Macario reputò, finalmente, di aver trovata la dispensatrice di farmaco nella persona di una molto soave pulzella, la quale avea mostrato subito curiosità grande e desiderio di risanar l'egro. E, tuttavia, serii ostacoli intralciavano il cammino.

— Ho un fratello perdinotti, dedito al giuoco, ma che vigila inflessibile sopra la mia innocenza. E poi, sconfinato è il bene, che gli voglio: né potrei vederlo, con cuor leggèro, adirato.

Scorrevano i giorni; e, ogni giorno, la fanciulla aveva un nuovo capriccio.

— Comprami, orsù, quel nastro. Com'è civettuolo, e con quale grazia mi annoderebbe la chioma!

— Oh, i cioccolatini al rosolio! E non sei già volato a comprarli?

— Che gentile orlo d'oro, in quella carta da lettere. Và, dunque! Corri! Non sai che devo scrivere a tante amiche?

Una notte, mentre i famigliari dormivano il sonno dei giusti, la pulzella cauta scese nel giardino e aiutò l'egro giovine a scavalcarne la cinta. Entrambi avrebbero pur voluto diventare, sui due piedi, pedagoghi e discepoli a un tempo: ma, ahi! per chi manchi d'esperienza, il primo passo è ben imbarazzante!

— Com'è pallida la luna, stasera.

— Oh, sì! Com'è pallida!

— E par che ci adocchi.

— Sì, certo, ci adocchia.

— Guarda! Adesso ride!

— Andiamo nell'ombra. Così, non potrà più beffarsi di noi.

Segue un breve silenzio. Di lontano, ostinato giunge il gracidare delle raganelle.

— I tuoi di casa dormono veramente?

— Sì, dormono. Ho origliato alle porte.

— E tuo fratello?
— Anche lui, credo. Com'era stizzoso, a cena!

— Perché?

— Perché, giocando, ha perso una somma forte, sulla parola. E domani dovrà pagarla.

— Riposerà, con quell'inquietudine?

— Era inutile origliare. Non russa.

— E se s'affaccia alla finestra?

— Ho paura!

— Vieni a sederti qui, dietro questo cespuglio, così rimarremo nascosti.

Silenzio. Le raganelle, di lontano, continuano a ingiuriare, rauche, il plenilunio.

— Come sono felice!

— Anch'io!

— Aspettavo con tanta ansia questo momento!

— Anch'io!

— Rimanere al tuo fianco, senza tema di sguardi importuni. Che gioia!

— Che gioia!

Altro silenzio, commentato irosamente dalle raganelle lontane.

— Perché non mi baci?

— Non oso.

— E, tuttavia, altre volte mi hai baciato!

— Sì, certo, nel giorno: dentro i portoni. Adesso, ti giuro che non potrei.

— Perché?

— Non so. Baciami tu, dunque.

— Ho paura.

— Anch'io.

— Ascolta. Sciogli il grembialetto e avvolgi, con esso, le nostre teste.

— Perché?

— Perché, dopo, avrò maggiore coraggio.

Nuovo silenzio. Le raganelle, di lontano, scoppiano in una furibonda protesta — non, tuttavia, per il plenilunio. Hanno udito lo schiocco di due labbra poste a contatto con altre due.

— Baciami tu, ora.

— Se ti piace.

— Oh, sì!

Lo schiocco, ma più timido, si rinnova.

— Perché tremi?

— Non so. Senti come mi batte il cuore.

— Anche a me.

— Se, almeno, ci fosse qui qualcun altro!

— Per che fare?

— Per... incoraggiarci.

Lungo silenzio. Anche le raganelle tacciono, quasi sovrapprese, pur esse, dal turbamento.

— Se principiassimo? (un filo di voce).

— Che cosa? (voce di ragnatela tremula).

— Ma... l'ammaestramento.

— Comincia tu, dunque.
— Non so...

— Neppur io...

— Se avessimo, almeno, un romanzo!

— Perché?

— Perché troveremmo pagine, ov'è descritto come si principia.

— Non rammenti?

— Mi sembra... sì... ecco, si comincia dal bacio.

— Allora, abbiamo già cominciato!

— Sì, certo. Ma, dopo?

Breve pausa. Le raganelle continuano a tacere, come in attesa.

— Ecco... rammento... Poi, l'innamorato passa un braccio intorno ai fianchi della sua innamorata.

— Ma è già fatto anche questo!

— E, dunque?

— E, dunque?

— Lascia che mi ricordi. Dopo, i due innamorati si scambiano qualche dolce parola. Così: Mi vuoi bene?

— Sì! tanto!

— Come ti amo!

— Anch'io!

Lunga pausa. Le raganelle, di lontano, ridono a crepapancia.

— Son veramente sciocchi, i romanzi!

— Perché?

— Perché, sul meglio, si fermano.

— Anche tu, sul meglio, ti fermi.

— Sei certa?

— Oh, sì! E non valeva proprio la pena che ci incappucciassimo col mio grembialetto!

— Sembra anche a me!

La voce, che ha pronunciata quest'ultima frase, giunge dall'alto e dalle spalle. Il grembialetto, strappato via da una mano rude, s'invola: e la giovane coppia balza in piedi, atterrita.

— Va a casa, tu: e di corsa!, dice la stessa voce, mentre un minaccevol dito si appunta verso la pulzella.

Quindi, è la volta dell'egro martire. Ed egli deve innalzar laudi al cielo se un impegno di giuoco gli consentì di placare il fratello per l'ammaestramento non mai dalla sorella impartito.

Non una fanticella d'albergo occorreva a Macario, né una gentildonna accasata né tampoco una vedova con bottega o una pulzelletta con famiglia; bensì una pedagoga, che non avesse grilli per la testa e andasse di gran trotto, a costo di fiaccare la nuca, se non a sé stessa, al discepolo. E chi potrebbe andare di gran trotto meglio di un'amazzone adusa ai giuochi violenti dei circhi? Era sovra una piazza, il circo: e possedeva un'amazzone. Per rendere propizia costei, bastavano un fascio di rose e un cartoccio di dolci e una cena. E per rendere propizi i cieli, bastava, dopo la cena, ardimento.

— Ti accompagnerò all'albergo.

— Fa venire, dunque, una carrozza.

— Non alloggi, forse, a pochi passi di qui?

— Che importa! Vorresti costringermi a infangar gli scarpini?

— A nulla ti costringo. Dicevo...

— Comprendo! Parco vuoi spendere: e ignori che infiniti uomini, ricchi e generosi, donerebbero anche la vita per trovarsi al tuo posto. Ma un giovine provincialetto...
— Oh, bada...

— Sì, uno zoticuccio... che avrebbe tanto e tanto bisogno di dirozzarsi...

E, con questo tono, la musica a così eccelse vette giunse, da far perdere di vista ogni ammaestramento terreno.

La mezzanotte del domani, tuttavia, trovò Macario di nuovo seduto a mensa in compagnia dell'amazzone.

— Andiamo, cara. La carrozza è alla porta.

— Vuoi accompagnarmi, di grazia?

— Certo.

— Bada, però: fino alla soglia dell'albergo soltanto.

— Perché?

— Perché questa sera ho tutti i nervi in sussulto. Il direttore del mio circo s'è incapricciato di un leone del serraglio d'accanto: e, non possedendo il denaro per comprarlo, vuol mettere un balzello su noi artisti. Abbiam rifiutato, naturalmente, di sottoporci alla taglia tirannica. Ma è stata una scena tremenda!

— Lascia in pace i leoni, adesso, e consenti ch'io ti accompagni.

— Fino alla soglia.

— Dici?

— Dico che i nervi mi han data l'emicrania.

— Eviterò di baciarti la fronte.

— No, non insistere. Piuttosto, domani entra nel circo, durante le prove. Giuro che scoverò il mezzo di premiare la tua cortesia.

Macario, nell'accomiatarsi quella notte, appariva veramente simile a un cane, cui suon di randello avesse impedito l'approccio a un ghiotto ossobuco.

Ma il giorno dopo, nel circo, l'amazzone lo guidò fino a un luogo appartato e, senza sciupar tempo in convenevoli, si preparò ad ammaestrarlo. O collera dei cieli, perché stimolasti, in quel punto, il direttore del circo a irrompere nell'aula scolastica?

— Svergognati! Oltraggiare in così ignobil modo la mia reggia?

Non di reggia, tuttavia, si trattava; bensì di un padiglione.

— Fuggi pure, o messalina!, continuò l'uomo irato.

Poi, volgendosi verso il giovin egro, soggiunse:

— Mi renderà conto, ella, innanzi ai magistrati.

E Macario, vergine e martire, si adattò a far compra di un fiero leone onde compensare l'ammaestramento che non aveva ricevuto.

Dolenti meditazioni condussero, infine, Macario a discernere il proprio errore e a ravvedersi. Di fatti, anziché aprire il borsellino per un albergatore e un monile e un riscatto di polizze e un debito di giuoco e un leone, egli, sin dall'inizio, avrebbe dovuto prescegliere una pedagoga diplomata nelle amorose dottrine e porgerle il compenso segnato nelle tariffe. Presa dunque, se bene in ritardo, la più giusta risoluzione e giràti gli occhi d'attorno, il giovin egro trovò senza fatica la medichessa. E, tuttavia, lento si svolse il contratto: né Macario sarebbe riuscito a concluderlo, se non avesse mostrato il proprio peculio alla femminea diffidenza.

— Perdona, dichiarò la donna ratificando l'accordo: sono stata ingannata da tanti, che si spacciavan per cresi!

— Uomo dabbene son io: e, inoltre, schivo d'ogni scena chiassosa e d'ogni scandalo.

— Guanto per le mie dita, dunque. E giungi in buon punto per dimostrare al mio innamorato ch'io valgo ancora qualcosa.

L'innamorato doveva, certo, attendere con impazienza la prova; poiché, non concedendo neppure il tempo di trarre fiato dopo l'ascesa delle molte scale, si presentò innanzi al discepolo ed alla pedagoga e, sbrattata via questa con una spinta, s'inchinò a quello pregandolo di sedersi.

E Macario vergine e martire dovè pagare, non secondo tariffa, bensì con l'intiero peculio un ammaestramento, che nessuno gli aveva impartito.

Gioseffo ebreo, come si legge nella sua Mirabile Vita, scritta da Nepomuceno alessandrino, dimostrò maggior fermezza di propositi e più salda virtù. Difatti, tenendosi pago della propria unilaterale cultura, egli non volle mai consentire a completarla in alcun modo e, piuttosto che rinunciare a questo nobil divisamento, preferì, sfuggendo alle insidiose dita della moglie di Putifarre, rinunciare al mantello.

Il pio giovane era veramente rigido di principii: e con somma predilezione e letizia accoglieva gli uomini rigidi.

IX

Dato fondo al gruzzolo e persa, quindi, l'arma necessaria e sufficiente ad abbattere, saziandoli, i desiderii, Macario s'avviò contrito verso il focolare domestico. E, durante il cammino, pensava:

— Ecco. La sorte benigna mi ha salvato dal commetter peccato. Il venerando esculapio parlava secondo dottrina e, per il buon fine di guarire il mio corpo dalle tristi conseguenze dei palliativi, non si preoccupava della perdizione dell'anima. Ed io, cieco, ero pronto a seguire il consiglio. Ma il mio corpo è ancora puro, se ben abbia sentito ventare l'ala delle tentazioni: e l'anima è salva.

Così ragionava il vergine martire. E, giunto sotto il tetto famigliare, cominciò di nuovo a macerarsi, respingendo il pietoso aiuto e rifiutando le cure lenitive di Undimilla, vergine se non martire, poiché le illusioni, da costei procurate, scialbe e monche apparivano dopo i contatti fuggevoli avuti con la realtà. Ma il suo pallore e i turbamenti mossero ben presto a compassione il dotto esculapio.

— A che vuoi giungere, figliuolo?, chiese l'intenerito medico. L'anima ha gravi doveri verso il proprio involucro di carne: e non è giusto che tu li trascuri e li dimentichi.

— Ma io son risoluto a conservarmi puro, obiettò il pio giovane.

— E puro rimarrai, se le corporee impurità saranno protette dai testi e consentite dalle costumanze, rispose quel savio.

— Il matrimonio, dunque?, esclamò Macario sobbalzando.

E, subito, si trovò come immerso in un oceano di luce.

Poiché, a concluder nozze, occorrono due persone, zia Sofonisba, messa a parte dei divisamenti, s'affrettò a presentare al nipote una fanciulla bionda e innocente, di cui gli occhi scrutavano ostinati la terra e le guance, a ogni parola pronunciata da un individuo di sesso opposto, s'invermigliavano nel modo più edificante. Macario esaminò la dolce creatura, poi disse:

— Le doti del corpo mi sembran preclare. Ma reca, ella, un'altra e più necessaria dote?

— Ahimè!, gemette zia Sofonisba.

— No! no!, concluse Macario. Troppo casta è la fanciulla perch'io osi turbar la sua anima. Ne avrei eterno rimorso! E come potrei, con l'inquietudine di questo rimorso, mettermi alla ricerca dell'onesto lavoro, che procacci a me ed alla mia consorte il sudato pane quotidiano?

Sfumato il primo matrimonio, Undimilla vergine tentò una seconda prova. Era, la nuova candidata, una prosperosa donna: e sembrava più acconcia a stringere nodo coniugale poiché, avendo un impiego in una solida azienda, poteva dividere a mezzo non solo le gioie, bensì anche i gravami della famiglia. E, tuttavia, Macario, dopo aver riflettuto, disse:

— Se, nonostante i sani principii e il fermo volere, io stesso mi son visto sull'orlo di una voragine di dannazione, come oserei mettere al mondo altre creature soggette al peccato? E, quand'esse nascano, mia moglie non dovrà, forse, abbandonare l'impiego per accudirle? E come riuscirò io, col rimorso di aver procreato dei peccatori, ad affrontare serenamente le fatiche, da cui la casa possa trarre il suo cibo?

Sfumato anche questo matrimonio, il vergine martire si sarebbe trovato, certo, innanzi al duro dilemma di ricorrere nuovamente ai sedativi di Undimilla, vergine se non martire, o di bere, come si dice, la propria minestra, se il venerando esculapio, provvido, non avesse posti gli occhi sovra la sposa ideale.

— Ebbi in cura una donna, egli confidò a Macario, ricca in ugual misura di pregi fisici e di dote materiale. Il suo passato fu burrascoso e sconvolto dalle tentazioni. Ma, oggi, essa appare tanto più degna di stima, in quanto, avendo soggiaciuto al peccato, lo rinnega e si pente.

— Non dovrò, dunque, turbare un'anima limpida d'innocenza?, esclamò il pio giovane.

— Oh, no davvero!, rispose il savio medico.

— Ma non pensi che metterai al mondo altri peccatori?, insinuò Undimilla vergine e malignetta.

— I miei figli non peccheranno, ribatté Macario, poiché saranno avviati al bene da morigerati pedagoghi e protetti dalla vigilanza di una servitù numerosa.

— E non ti procurerà rimorso l'origine del denaro, apportato dalla tua consorte per sostener la famiglia e allietare i tuoi ozi?, insistè Undimilla.

— Il denaro, sentenziò solenne Macario, è impuro soltanto se maneggiato da dita impure.

Nulla è più dolce all'anima della contemplazione di un oggetto amato e non ancor posseduto. Il desiderio insoddisfatto stimola la fantasia e circonda di maggior fascino il momento, sempre meno lontano, in cui ogni brama sarà appagata e i veli dell'immaginazione, squarciandosi, lascieranno a nudo la realtà. Con questa trepida beatitudine il bottegaio contempla una pingue borsa di avventore inesperto, e la ragazza di allegra vita osserva una gemma esposta nella vetrina dell'orafo: e Macario ammira la prosperosa fidanzata, offertagli da una sorte benigna.

Rare nubi, subito spazzate via dal vento della fiducia, turbavano i preparativi di nozze. E potevan, poi, chiamarsi col nome di nubi i futili episodii, cui una pronta spiegazione donava, anzi, luminosità solari, aggiungendo nuovi vezzi ai vezzi già numerosi della promessa sposa? E non occorreva, piuttosto, volger ringraziamenti al cielo, poiché tali circostanze permettavano a una bocca femminea di proferir nobili ed austere sentenze, degne dei savii antichi, e virili propositi?

Sorpresa mentre baciava un signore serio ed anziano, la donna obiettò a Macario:

— Perché ti crucci, invece di rallietarti? Non comprendi ch'io porgevo un addio al passato? E chi incarnerebbe il passato meglio di questo rispettabil vegliardo?

Trovata fra le braccia di un amico del fidanzato, la donna rimbeccò Macario:

— Tributarmi lode dovresti, e non biasimarmi, poiché mi affidavo con cuore aperto all'ora presente. E chi incarnerebbe l'ora presente meglio di questo tuo devoto, il quale è, al postutto, un altro te stesso?

Osservata mentre correva ilare incontro ad un giovin uomo, così ruppe ogni querimonia sulle labbra di Macario:

— La tua meraviglia dovrebbe convertirsi in plauso, poich'io correvo fiduciosa incontro all'avvenire. E chi incarnerebbe l'avvenire meglio di una persona che, con la sua giovinezza, rappresenti e prometta la felicità?

Le nubi, dunque, dileguavano: e il sorriso rifioriva subito sul volto del fortunato Macario. In una sola circostanza, parve che una tempesta, occupando rapida gli orizzonti, stesse per scoppiare ad infrangere il nodo dell'imeneo e a fulminare il sogno di gioia. Ciò avvenne allorché, trattandosi in consiglio di famiglia il grave argomento della cerimonia nuziale, il discorso cadde sovra i fiori di arancio.

— E perché non dovrei adornarmene?, chiese la fidanzata.

— Ne hai diritto, al pari di me!, rincalzò Undimilla vergine sfidando col corrucciato sguardo gli oppositori.

Discordi erano le opinioni: e gli animi tesi non avrebber, forse, trovato un mezzo per rilassarsi e incanalare verso un unico sfocio le lor contrastanti energie, se zia Sofonisba non si fosse, in buon punto, interposta.

— Perché litigare?, ella domandò. Le nozze esigono i fiori d'arancio. Li abbia, dunque, la sposa: e, se non potranno esser veri, siano pure di stoffa ritagliata. Così fu composto il dissidio. E, senza nuove difficoltà, si giunse al giorno del fausto evento. Tranquilla era la sposa, poiché nulla poteva rimproverare a sé stessa: turbato, invece, lo sposo, poiché si temeva indegno di possedere un simil tesoro. E, inoltre, perché, affacciandosi dal finestrino della carrozza, avviata verso il municipio, vedeva dietro di sé snodarsi una lunga fila di vetture, su ciascuna delle quali era stata deposta una ricca corona di fiori con larghi nastri neri o violetti fregiati di caratteri d'oro. Funebre era, veramente, il corteo; e i fiori eran fiori di tristezza; e su ogni nastro si leggeva:

AL NOSTRO AMORE

CHE MUORE.

Ma, intorno alla mensa nuziale, i numerosi convitati scacciaron le tetre idee e la melanconia dei ricordi per abbandonarsi all'onesta letizia, che si addice ad eventi consimili. Invermigliata, se non di pudore, di ben elaborate creme, la sposa accoglieva i complimenti con un lieve sorriso, porgendoli subito dopo, con una schietta risata, al consorte. Lo sciampagna schiumeggiò, infine: e, con esso, schiumeggiarono i brindisi, fitti, brevi e sonori come gragnuola che batta improvvisa sopra una tettoia di metallo e ancor più improvvisa si taccia.

— Fortunato te, o sposo, poiché troverai aperta la via della felicità!, dicevano i commensali alzando il calice propiziatore.

— Fortunata te, o sposa, poiché il tuo consorte è simile a Cupido, l'Iddio bendato!

— Avrai, o sposo, una moglie ubbidiente, poich'ella è donna che non seppe mai dire di no!

— E tu, sposa, adora tuo marito, poich'egli è già destinato al regno dei cieli!

Ma, allorché Macario e Clorinda, sua diletta consorte, abbandonata la tavola si avviaron lenti verso la stanza matrimoniale assieme al commosso gruppo dei famigliari, tutti gli invitati scoppiarono in pianto: e parve quella, allora, non un'adunata di nozze, bensì un'accolta di mascoline prefiche, chiamate per una cerimonia mortuaria. Anche la sposa si volgeva indietro con occhi lacrimosi. Macario, no: e sarebbe stato pieno di gioia, se non avesse sentito pesargli un poco la fronte.

Scioltesi le tenebre, che avean protetto il talamo coniugale, e sorta l'aurora a tinger di roseo il pallido orizzonte, un intollerabile ansietà spinse fuor dal lettuccio austero il venerando esculapio e lo stimolò a recarsi, per notizie, dal non più vergin Macario.

— Credo di aver consumato il matrimonio, rispose costui alle impazienti domande. Ma nulla sapevo; e nulla so, neanche adesso. Furono giusti e secondo legge gli atti? E furon naturali i vasi? Dapprima ritenni, nel pudico buio della stanza, di aver meco una creatura da pochi giorni venuta al mondo e, perciò, bisognosa di sostentamento. Quindi, dopo un breve lasso di tempo, mi sentii come trasportato nell'empireo: ma le mie labbra, piene di gratitudine, null'altro rinvennero se non un'odorosa chioma e una nuca. Infine, tormentato da dubbi alzai la voce per chiedere: O donna, sei tu fedele ai testi? Ma, ahi!, quasi subito un dubbio ancor più grave si aggiunse, poiché mi parve che un oggetto, solitamente destinato a rimaner sotto il talamo, mutando posto fosse salito di sopra.

Trascorsi alcuni giorni nelle beatitudini della luna di miele, sentì Macario il bisogno di aprire, con una passeggiata, una breve parentesi nel coniugal regime di vita onde poter, poi, maggiormente assaporare la propria felicità. Aveva, egli, compiuto un picciol tratto di strada, allorché si vide venire festosamente incontro Beniamino, giovine amico della consorte.

— Collega emerito, esclamò costui dopo i convenevoli d'uso, ringrazio il cielo della mia buona ventura, poiché fremevo dal desiderio di aver notizie del fortunato connubio. Ah, Clorinda! Quanti rimpianti hai lasciati dietro di te!

— Da molto tempo la conosceva?, domandò Macario.

— Soltanto da un mese. Ma era donna generosissima: e, fin dai primi momenti, volle donarmi un ricordo di sé. Bontà vasta come un oceano, per il quale occorran bravi nuotatori. E, scusi, caro Macario, la salute va bene!?

— Qualche mal di testa; ma, in complesso non mi lamento.

— Uhm! Uhm! Può accendere un cero. Ma è verità sacrosanta che la fortuna càpita sempre a chi meno la merita.

E, con questa frase un po' oscura, Beniamino si accomiatò.

Macario, riprendendo il cammino, almanaccava intorno alle parole del giovane e si struggeva di cavarne un qualche significato. Però, dovette presto interrompere le tormentose meditazioni sentendosi afferrare e stringer con forza le mani da un uomo d'età matura, che avea nome Clemente ed era buon amico della sposa novella.

— Collega incommensurabile, urlò costui, che piacevole combinazione! Avrei data qualunque cosa per sapere come vanno le faccende matrimoniali. Ah, Clorinda! Quante dolci memorie risveglia il tuo solo nome!

— La conosceva da un pezzo?, chiese Macario.

— Da un anno appena. Ma era donna generosissima: e, fin dai primi giorni, volle donarmi un ricordo di sé. Bontà senza fondo come un oceano, per il quale occorrano eccellenti palombari. E, dica, caro Macario, come va la salute?

— Qualche dolore qui, al capo, per il resto, egregiamente.

— Uomo fortunato! Diavolo d'un uomo, che è riuscito a cavarsela!

E s'allontanò frettoloso, lasciando Macario immerso in cupa perplessità. Ma ecco, in buon punto, un altro caldo saluto, biascicato fra i pochi denti dal vecchio Mardocheo, sviscerato amico di Clorinda.

— Collega benemerito, cincischiò il vegliardo, come son lieto di questo incontro! Avevo proprio necessità di sapere in qual modo sono andate le cose. Ah, Clorinda! Che conforto eri per questi miei ultimi anni di vita!

— La conosceva da molto?, domandò Macario.

— Da molto, sì. Donna generosissima. Rammento che, fin dai primi tempi della nostra amicizia, volle lasciarmi un suo cocente ricordo. Ed ella, caro Macario, come sta di salute?

— Non per vantarmi, ma mi sento forte come un toro.

— Capisco! Capisco! Savio paragone! Ma bisogna proprio credere ch'ella sia nato con la camicia!

— Perché, scusi?

— Perché... perché... ha una moglie dalla bontà smisurata come l'oceano. Birbante d'un Macario, che è riuscito a rimanersene a galla!

— Cioè?

— Niente! Un'idea! Già, le zucche non affondano mai!

E il buon vecchio se ne andò scuotendo la testa, mentre Macario chiedeva ansiosamente a sé stesso qual senso racchiudessero le parole enigmatiche.

Ma, trascorso qualche altro giorno, un misterioso focherello si accese nel corporeo involucro dello sposo e, a poco a poco, lo riscaldò in modo da arroventare anche l'anima, riempiendola di paure e di dubbi.

— Sarebbe, questa, una punizione dei miei peccati?, gemeva Macario: e le fiamme dell'inferno comincierebbero la lor opera di giustizia dove, appunto, fu commessa la colpa?

Ma il venerando esculapio, chinati gli occhi e gli occhiali a un diligente esame, sentenziò:

— Questo non è brucior demoniaco, bensì segno di ubbidienza alle leggi ed ai testi, i quali impongono che i beni di ciascun coniuge siano messi in comune con l'altro.

Il primo litigio fra i due sposi scoppiò per più gravi motivi, che non fosser quelli della comunione dei beni. Clorinda, di fatti, mostrandosi insofferente del coniugal giogo, obbligò un giorno Macario a rammentarle i sacri giuramenti.

— Donna, tu ubbidirai a tuo marito.

— E chi mi costringerà a ubbidire?, ribatté ella a pugni stretti.

— L'autorità, impartitami dalla legge, disse solenne Macario.

E, compilato in laboriose veglie un programma, ove l'antica saggezza rifulgesse e fosser racchiuse le fondamentali norme per ogni sposa dabbene, lo presentò trionfalmente alla moglie.

Così era formulato il programma:

Le ore della vita famigliare

8 - 8.30:

Preparazione del caffè e latte.

9 - 10:

Riassettamento della camera matrimoniale.

10 - 12:

Preparazione del pranzo.

14 – 15:

Pulizia delle stoviglie.

15 – 17:

Rammendi alla biancheria.

18 - 19.30:

Preparazione della cena.

Le ore degli svaghi leciti e onesti

17 - 18:

Ricevimento delle amiche (esclusi gli uomini, che non sian stretti congiunti).

20 - 21.30:

Conversazioni con la parentela.

Umile e contrita, Clorinda si adoprò subito per trasformare in realtà l'ideale programma saviamente interpretato.

— Senti che buon caffè e latte, disse lieta al consorte.

— Ottimo, sì! Ma questi panini son duri ai denti e spalmati di burro ormai rancido.

— E come potevo io, o caro, sorvegliare la preparazione dei panini mentre vigilavo su quella del caffè e latte?

E Macario non ribatté sillaba.

— Vedi com'è riassettata e linda la nostra camera?,disse lieta la donna.

— Sì, certo! Ma cumuli di polverume e confusione di mobili rendono inabitabile il resto dell'appartamento.

— E come potevo io, o caro, occuparmi delle altre stanze mentre mi dedicavo alla camera nostra?

E Macario non ribatté sillaba.

— Buon pranzetto ti ho preparato, o sposino, disse lieta la donna.

— Appetitoso veramente! Ma perché la tovaglia è sconciamente macchiata e i bicchieri e i piatti putiscon di rifrescume?

— E come potevo, o caro, badare all'apparecchiamento della mensa mentre ero intenta a guardare i fornelli?

E Macario non ribatté sillaba.

— Guarda che lucide coppe e che terse porcellane, disse lieta la donna.

— Lucide e terse davvero! Ma, nella cantina, ho trovato molte bottiglie infrante e una spina aperta in modo da lasciar esangue il barile.

— E come volevi, o caro, ch'io mi trovassi in cantina mentre sorvegliavo premurosa la rigovernatura?

E Macario non ribatté sillaba.

— Osserva con quale garbo è stata ricucita e rattoppata la biancheria, disse lieta la donna.

— Con garbo, certo. Ma brutali colpi di ferro hanno contaminato e bruciacchiato il candore delle camicie.

— E come potevo, o caro, vigilare sulla servitù, che stirava, mentre seguivo con meticoloso occhio l'opera delle rammendatrici?

E Macario non ribatté sillaba.

— Contempla, o caro, il dolce crocchio di amiche, ch'io seppi qui radunare, disse lieta la donna.

— Dove hai scovate così laide befane? Non in una casa onorata mi par d'essere, bensì sotto il noce del Sabba! E quale brusìo insopportabile! Che fuoco di fila di chiacchiericci e di pettegolezzi! Perché, poi, sogghignano in codesto modo, guardandomi? Sfacciate! Streghe! Guai a te, se le riceverai ancora una volta!

— E chi dovrò ricevere, se le mie amiche son queste, e tu mi proibisci gli amici?

Macario aggrottò i sopraccigli, ma tacque.

— La cena, almeno, ti sembrerà squisita!, disse lietamente la donna.

— Ma con quale gusto potrei mangiare, se rivoli di formiche hanno invasa la mensa e minacciano di sfociare nei piatti?

— E come pretendi, o caro, ch'io m'occupi delle formiche, mentre sono segregata in cucina? E Macario non ribatté sillaba.

— Ora sarai contento, o caro, disse lieta la donna, poiché ti trovi fra i tuoi famigliari, sotto la mite lampada serotina.

— Sì, rispose Macario, sbadigliando. Ma com'è noiosa zia Sofonisba con le sue eterne querimonie per le fantesche introvabili! E com'è irritante la cugina Undimilla con le sue condoglianze per lo smagrimento e il pallor del mio viso!

— Che vuoi tu, dunque?, ribatté pronta Clorinda. Vuoi che, rovesciato il programma, io accudisca ai panini imburrati e alla cantina e alle formiche e riceva uomini soli e, di sera, chiuda l'uscio sul naso della pingue zia Sofonisba e di Undimilla vergine?

— Per amor del cielo!, supplicò disperato Macario. Berrei latte acido e mangerei, nel rifrescume, pietanze bruciate: e vedrei sogghignar diavoli maschi anziché streghe femmine, e mi farei strappare i capelli da zia Sofonisba e cavar gli occhi dalla cugina Undimilla! No! No! Basta con i programmi! E, da qui innanzi, ciascuno pensi a sé stesso, lasciando al cielo la cura di pensare poi a tutti.

Civiltà, frutto miracoloso di quella robusta pianta, che si chiama Progresso! Nel tuo nome non delitti si compiono, bensì opere buone e feconde. Prima che tu ti lasciassi distaccare, rigoglioso pomo, dall'albero, gli uomini malvagiamente coltivavano il loro orgoglio e i vizi della lor carne peccatrice. E nessuno altrui assomigliava: ma c'era il guerriero ardimentoso e il mercatante irrequieto e il nobile aedo e la cortigiana ricca di facondia e di vezzi. Oggi, o Civiltà, gli uomini hanno addentata la tua polpa succosa: e si assomigliano tutti. E i guerrieri non vedon più la battaglia; e i mercatanti non solcan più i mari; e gli aedi barattan parole d'oro con scudi di argento; e le cortigiane apron le labbra solo per domandar la mercede. Nessun orgoglio alimenta più i vizi, poiché í grandi vizi più non esistono. Esiste, invece, un idolo adorato da tutti e da tutti ubbidito al par della legge: e si chiama Civiltà. Ed è il bastone del pastore Destino, che guida il gregge degli uomini, finalmente livellati, verso l'ovile di un'altra livellatrice: la Morte.

Ma se i tuoi pregi sono molti, o Civiltà, molti sono anche i tuoi inconvenienti. Per te un rapinatore di borse, disdegnando i pochi spiccioli dei viandanti, apre alle casseforti dei risparmiatori il tranello di una solida Banca; per te, i pavoni dall'ampia coda e dall'esigua cervice, abbandonato il natio cortile e strappata una penna al loro stesso corpo, si trasformano in rappresentanti della pubblica opinione. E per te Clorinda, sposa civilizzata e progressista, adoprando i frammenti del maritale programma per preparare i riccioli della chioma, irride a Macario e lo astringe a citar la legge ed i testi.

— Donna, tu sarai fedele al tuo consorte.

— Sarò fedele, ribatté ella, se tu lo meriterai.

— E in che modo potrò meritarlo?, chiede Macario.

— Mostrandoti gentile verso la tua sposina.

— E quali prove domandi della mia gentilezza?

— Voglio uscire, ogni giorno, in cocchio; e voglio andare, ogni sera, a teatro; e voglio che tu, al ritorno, mi aiuti a toglier la veste di gala e ad indossare l'abbigliamento notturno.

— Così sia!, conclude Macario.

Seduta entro suberba carrozza, la coppia felice percorre i grandi viali. E, al suo passaggio, le donne e gli uomini arroventan gli sguardi, quelle per strinar gli abiti e questi per incendiare il cuore di Clorinda. Da ogni parte, giovani languidi e adulti pacati e olezzanti vegliardi salutano con profonde scappellate e con misteriosi cenni e con sorrisetti arguti la sposa, mentr'ella si sventola civettuola e con misteriosi cenni e con sorrisi e cenni e un lieve chinar del capo risponde. E sembra fata, che attraversi un campo di spighe, piegate dal soffio del vento. Ad ogni tratto di strada, poi, Clorinda impone che il cocchio si fermi e, chiamato a sé un qualche amico, con lui sottovoce confabula, sporgendosi tutta all'infuori. La sua inguantata manina è prigioniera, durante il colloquio, di due mani virili; la doppia ciliegia della bocca, quasi fosse oasi di riposo nella conversazione, è sfiorata di tempo in tempo dall'ape di una bocca di maschio. E inutilmente Macario urta del gomito e comprime il piede della consorte: e inutilmente si contorce sul sedile e sbuffa, sudando.

— Ne ho abbastanza delle tue scarrozzate, egli dichiara nel rincasare. Se veramente il cocchio e i saluti e i colloqui e le api ti premono, scegli, come accompagnatore, Mardocheo.

Stretto amabilmente l'accordo, i due sposi vanno a teatro. Sono soli nel palco: sono felici. Ma per pochi momenti. L'uscio si schiude lieve; e un visitatore appare, festosamente accolto da Clorinda.

— O Ettore, piccioncino mio, entra, entra pure!

Scambio di convenevoli, scambio di paroline dolci, scambio di paroline dolci, scambio di occhiate ardenti. E Macario, relegato nel fondo del palco, dice il rosario.

Poi, Ettore se ne va; e l'uscio si schiude di nuovo.

— O Anselmo, coniglietto del mio orto, entra, entra liberamente!, esclama Clorinda.

Il giuoco dei convenevoli e delle paroline ripiglia. E ripiglia, anche, il rosario.

Poi, Anselmo se ne va; e l'uscio si schiude ancora.

— O Belisario, tigre della foresta mia, entra, entra pure!, grida Clorinda con impeto.

Convenevoli, paroline, sguardi. E rosario.

Poi, il visitatore se ne va; e l'uscio si riapre subito.

— O Giocondo, ippopotamo delle mie acque, entra, entra liberamente!, squittisce ilare Clorinda.

Rosario.

E, dopo Giocondo, venne Annibale «bertucetta del cuor di Clorinda»; e, dopo Annibale, venne Clodoveo «leone assetato del sangue di Clorinda»; e, dopo Clodoveo, venne Spiridione «micetto di Clorinda micetta»; e, dopo Spiridione, giunse, finalmente, l'ora di rincasare.

— Ouf!, concluse Macario: se vuoi recarti a teatro, padronissima. Però scegli, come accompagnatore, Clemente.

Poi, fedele al patto concluso, si accinse a servire da cameriera. Ma le cameriere son donne: e, quindi, poco sensibili alle grazie del loro sesso. Macario, invece, era uomo. E come avrebbe potuto, un uomo, scioglier da aerei veli nudità terrene e slacciare giarrettiere allacciatrici e sentir nelle mani un tepore di scarpini minuscoli e nelle narici il cipreo olezzo e nelle pupille le rosee tentazioni e nelle carni i mille e mille stimoli della carne, senza cadere più e più volte lungo il vertiginoso cammino?

— Troppo faticosa è la parte della cameriera, sentenzia alla fine Macario. Un'altra volta, ti prego, chiama Beniamino.

Un ospite rumoroso entrò in quella casa tranquilla. Entrò, adagiato come un oggetto sacro sovra un morbido cuscino, cui le mani di Clorinda servivan d'appoggio. E, insieme al cuscino, fu deposto subito, con infinite cautele, sovra l'ampio talamo coniugale. Era ricciuto, era biondo, era fine di membra: e, per molti giorni, occupò in sì fatto modo il tempo della donna da impedirle sin anche di uscire in carrozza e di andare a teatro e di trasformare in notturne cameriere gli amici.

E già Macario considerava il nuovo ospite come inviato dalla provvidenza e si accingeva a colmarlo di carezze e di onori. Ma, improvviso, sul finire di un pranzo, scoppiò aspro dissidio fra l'ospite e il padrone di casa. Pimentati cibi e vini generosi avevano allietata la mensa. E Macario, volendo dar segno di gratitudine alla dolce moglie, presale teneramente una mano, piegava il volto per deporre su questa il bacio del gentiluomo, allorché vide l'ospite balzare iroso e con schiamazzi e minacce interporsi fra le devote labbra e la femminea epidermide. Né preghiere né lusinghe valsero a placare il collerico: e l'umiliato sposo dovè non solo rinunciare ad ogni cavalleresca usanza, ma abbandonare altresì la tavola e la sala.

Calate le tenebre sulla terra, Macario, cui i pimentati cibi e i vini generosi suggerivano ardite idee e virili risoluzioni, cauto varcò la soglia della camera nuziale, avviandosi verso il talamo, ove una serica coltre modellava le potenti formosità della sposa. E già si chinava a svegliar la dormiente con un onesto bacio maritale, allorché vide l'ospite sbucar fulmineo e balzare iroso e interporsi, con schiamazzi e minacce, tra le mascoline labbra e la femminea epidermide. Le più inzuccherate parolette e i più affettuosi vezzeggiamenti, anziché placare il collerico, ne aumentaron la furia. E Macario dovè allontanarsi mogio non solo dal giaciglio, bensì dalla camera stessa.

Trascorsa la notte fra tormentosi sogni, inspirati dal pimento dei cibi e dalla generosità delle bevande, il martire scese sull'alba dal provvisorio lettuccio, apparecchiato dalle sue mani medesime in un remoto angolo della casa, e s'avviò verso la sala da pranzo, ove gli svariati latticini della colazione avrebber calmati i sensi e fugate le ultime ombre dei sogni. Ma l'ospite era già lì, accampato come un vincitore. E il suo odio doveva aver raggiunto l'apice dell'intensità, poiché senza il più lieve indugio, all'apparir di Macario, esplose in così rumorosa e terrificante forma, da indurre il malcapitato a una precipitosa ritirata. Un odio cieco non dà tregua, e non ascolta ragioni; anzi, persegue il proprio oggetto con raddoppiato furore ad ogni tentativo di pace. Incalzato di stanza in stanza, Macario giunse, alla fine, nell'anticamera: e, non scorgendo altra via di salvezza, abbandonò con cuore greve ed agili gambe la casa.

Una sola creatura esisteva, degna di confidenza e capace di porgere aiuto in così scabrosa occasione: Undimilla. E Macario, con le lagrime agli occhi e il singhiozzo nella voce, riversò la propria pena entro il roseo orecchio della vergine pietosa.

— Non crucciarti, disse costei: tua moglie udrà dalle mie labbra le parole della saggezza e, cacciato via l'ospite prepotente, s'affretterà a permetterti un ritorno trionfale nel nido della felicità.

Così parlò Undimilla. Ma trascorsero i giorni senza che la vergine, chiusa entro la rocca nemica, dèsse cenno di resa sventolando dalla finestra un bianco pannolino. Infine, le ambasciate sollecitatrici ottennero che la fanciulla concedesse udienza all'orbato sposo nella stanzetta della portineria.

Fiera apparve Undimilla: e aggressiva si dimostrò. E, all'infinocchiato e plorante Macario, gridò la condanna senza appello:

— Hai torto, torto marcio! L'ospite si è rivelato ricco di qualità, degne del massimo onore e rispetto. E, benché sia un cagnolino, ha linguaggio espressivo più di qualunque uomo.

Gioseffo ebreo, trovandosi in procinto d'impalmare una gentil donzella, ma non avendo ancora consumato il matrimonio, ricevette la visita dei molti amici della sposa, i quali piangendo gli dissero:

— Beato te, beato te, che possiederai un consimil tesoro.

Ed egli, che pietoso era e di cuor mite, si volse al gruppo dei ploranti e rispose:

— O cari, troppo vi amo per farvi soffrire così. Siate di nuovo lieti, or dunque, e tenetevi il vostro tesoro.

XVI

Esule dal domestico, tetto, Macario deliberò di condurre vita esemplare e specchiata, che servisse di rimproccio e monito non soltanto per la consorte, ma bensì per ogni altro, se anche indurito, peccatore e aprisse di tal modo la strada ad un pio ravvedimento. Necessitava, dunque, combattere ciascun vizio con l'arma della contrapposta virtù. E poiché Clorinda, ricettacolo di tutti i vizi, era maldicente e prodiga e intemperante nei cibi e sfarzosa nelle vesti e orgogliosa e violenta e volubile e menzognera e di costumi liberi e di caldo temperamento, egli avrebbe indotte le di lei guance a tingersi di un color vermiglio, non dovuto a ben elaborate creme, mostrandole col proprio esempio quale ubbidienza si debba ai dettami, raccolti in questo nuovo Decalogo:

Non parlar male del tuo prossimo.

Spendi parsimonioso il denaro.

Sii parco nel nutrirti.

Sii modesto nell'abbigliamento.

Non dimostrare superbia.

Non trascendere con la voce o i gesti.

Sii costante nei propositi.

Sii verace nei discorsi.

Fuggi l'impudicizia.

Non cedere alla lussuria.

Trovato asilo di pace e vitto casalingo mercè un annuncio economico, inserito nelle gazzette da una perspicace affittacamere, Macario comperò un'effemeride in forma di taccuino, sulla quale avrebbe segnato, per proprio disdoro e se l'anima non si fosse tenuta all'altezza dei principii adottati, ogni fallo commesso contro la sacra tavola delle Dieci Leggi. E tranquilli sarebbero scorsi i giorni nella casa dell'affittacamere se costei, ancor belloccia quantunque non più sul fiore degli anni, avesse rispettata la norma, che regge ogni civile consorzio e che si chiama Giustizia. Abitava e si nutriva, di fatti, in quel medesimo loco un giovane dal copioso ciuffo spavaldo e dai boriosi modi, il quale era oggetto di specialissime cure da parte della donna. Ora, la sua camera, riassettata con ogni diligenza, mostrava lucenti mobili e terso pavimento: e sovra il letto, adorno di vistosa coperta, biancheggiava il rimbocco di linde lenzuola. La stanza di Macario, invece, aveva veli di polvere ovunque: e, sul negletto giaciglio, una coperta ragnata nascondeva grigie pungenti telerie. A mensa, poi, saporite minestre e bocconcini prelibati rallietavano la golosità del pensionante dal ciuffo: ma torbide brodaglie e ascetici lessi lasciavano scontento e non sazio l'appetito di Macario. Così piccola era la profenda e così grande lo stimolo, da indurre il martire affamato a visitar, di nottetempo, la dispensa per chiedere a qualche dimenticato pezzo di pane un momentaneo sollievo.

Fu, appunto, in grazia di queste escursioni notturne ch'egli, passando lieve davanti alla camera della donna, comprese il motivo del trattamento diverso. Ma, come uomo pio, deliberò fra sé e sé:

— Niuna parola incauta o biasimatrice sfuggirà dalle mie labbra. E d'altra parte, quale certezza ho che costei sospiri per opere diaboliche piuttosto che per estasi angeliche?

Una notte, mentr'egli stava con l'orecchio incollato alla porta dei gemiti onde discernere se questi fossero di natura schiva d'ogni estraneo intervento o intervento dottorale implorassero, sopraggiunse lì, a passi di lupo, la servetta. Era, questa, una vispa fanciulla, se ben trasandata negli abiti: e, in quel momento, balzata di furia dal letticciuolo per risolvere, certo, lo stesso problema, da cui appariva tormentato Macario, avea i panni ridotti alla lor minima efficienza. L'uno e l'altra volevano, con pari gentilezza, ritrarsi; ma, aumentando i rumori dall'interno, ansiosa sollecitudine spinse entrambi a condividere i disagi e le noie della veglia. Fosse risultato dei sospiri o di sfioramenti tra chioma e chioma o di altre consimili bazzecole, certo è che Macario si trovò a contatto con la minima efficienza dei panni proprio nel momento, in cui la porta si spalancava di colpo.

— Ah, vilissimo uomo!, urlò l'affittacamere apparendo sul limitare, avevi chiesto, dunque, ospitalità e cibo per macchiare quell'innocente colomba? E il mantello di virtù, in cui ti avvolgevi, era semplice polvere per gli occhi dei gonzi? Ma io ti svergognerò, o ipocrita!

— Acconsento, ribatté Macario: a condizione, però, ch'io possa, prima, accertarmi s'eri tu, che gemevi, oppure il tuo pagliericcio.

Poi, corse a chiudersi nella propria stanza e, tra lacrime di pentimento, scrisse sul taccuino:

«Ho calunniato un pagliericcio e disubbidito alla Legge».

Il denaro, come ognun sa, è fulcro delle guerre e segno rappresentativo degli uomini. La vita e la morte dipendono, dunque, da esso: poiché un esercito non può offrirsi in olocausto per il bene supremo delle persone rimaste a casa, né un individuo può accampar diritti sull'esistenza se i quattrini sian pochi. Conscio di queste sublimi verità, Macario inaugurò un registro-cassa, ove le entrate e le uscite stessero le une di fronte alle altre come un gigante starebbe faccia a faccia — per mo' di dire — con un nano. E dal registro escluse, inesorabilmente, ogni spesa superflua.

Martire volontario, egli, onde ubbidire al principio adottato, avea spesso interni travagli: e laboriose discussioni intavolava seco stesso, dalle quali l'umanità, se fosse stata chiamata ad udirle, avrebbe tratte luci abbaglianti. Fu, appunto, in seguito a un travaglio interno, che Macario scoprì la fondamentale differenza tra spesa necessaria e spesa superflua.

— Devo io comprare un lassativo?, domandò al disputatore, che ospitava dentro di sé.

— Certo!, rispose il disputatore.

— Ma i cibi, che ho trangugiati perché mi sostentasser la vita, non lasceranno, così, nessun frutto?

— Certo!, rispose il disputatore.

— Dunque, una spesa necessaria si risolverà in un inutile sperpero?

— Certo!, rispose il disputatore.

— E, dunque, la nuova spesa del lassativo dovrebbe distruggere gli effetti benefici di una spesa necessaria e aggravare il bilancio delle inutili spese?

— Certo!, rispose il disputatore.

— Eureka!, gridò allora Macario. Ormai, ho un mezzo sicuro per discernere il necessario dal superfluo, poiché so che è superflua ogni spesa, la quale renda inutili quelle necessarie.

Di conseguenza, egli rinunciò al lassativo. E si consolò della lunga malattia, sopraggiunta a inchiodarlo nel letto, segnando poi sul bilancio:

Economie

Lassativo (non comprato) L. 1,50

Spese necessarie

Medicinali   L.230

Medico   L.300

Era Macario sul finire della convalescenza, allorché ricevette la visita dello zio Polonio, reduce dalle lontane Americhe.

— Vengo da te, perché ho sentito parlare, nelle plaghe d'oltre oceano, delle tue preclare virtù, disse lo zio.

— Sii il benvenuto, esclamò Macario contemplando con intenerimento il florido volto e l'adiposo corpo di Polonio.

— Nelle plaghe d'oltre oceano, o nipote, io non ho trovato fortuna. Ma sono certo che le tue preclare virtù si affretteranno a soccorrere un parente nell'indigenza.

— Sii... il benvenuto..., ripeté Macario volgendo altrove lo sguardo.

Rifletté un poco, quindi concluse:

— Ecco! Basterà a tutti e due quello, che bastava a me solo.

Lento appare il tempo agli infelici. Lentissimo appariva, dunque, allo zio ed al nipote, intenti a trasformarsi, a poco a poco, da creature vive in ombre e fantasmi. A poco a poco le riserve d'adipe, depositate nelle membra di Polonio, si scioglievano e si consumavano onde sopperire ai vuoti, scavati dal digiuno: e gli occhi, per l'addietro sorgenti fra i guancialetti delle palpebre, si ritraevano sempre più verso il fondo di due abissi, ai quali una floscia grinzosa pelle facea da velario.

Un giorno, frugando tra le carte dello zio con l'onesta intenzione di trovar qualche savio appunto intorno ai costumi delle Americhe, Macario s'abbatté in una noticina così formulata:

«Le mie sostanze, che ammontano a due milioni, saranno ereditate dal pio nipote Macario s'egli, riputandomi povero, si dimostrerà generoso».

Quella sera, Polonio fu invitato a prender posto a una mensa sfolgorante di cristalli e carca di cibi e ricca di vini prelibati. Mangiò e bevve, egli, in silenzio, fissando il nipote con pupille ormai quasi dileguate nella buia profondità delle orbite.

Mangiò a crepapelle, bevve a garganella; poi, disse con voce tetra:

— Mi lodo di aver sperato in te sin quasi a questo momento.

— Perché il quasi?, balbettò Macario.

— Perché due ore or sono ho dettato un altro testamento al notaio.

— Lo distruggerai!, gridò Macario.

— Troppo tardi!, gemette lo zio Polonio.

E si accasciò sulla sedia, pronto per il sepolcro.

Or mentre Macario registrava sull'effemeride «Ho peccato di prodigalità: e inutilmente», qualcuno bussò all'uscio. Era il venerando esculapio, che recava tristi notizie.

— Sappi, disse il savio medico, che Clorinda tua è molto malata. Poiché un morbo crudele afflisse, di recente, anche te, il cuor tuo, ricordando i dolori sofferti, si mostrerà, certo, benigno. Clorinda teme di morire: e vorrebbe rivederti, e, forse, domandarti perdono.

— Qual è la malattia?, chiese Macario.

— È una punizione, ahimè!, di peccati. O Venere, come sei dolce ed aspra ad un tempo verso i tuoi fedeli!

— Rimanga, Clorinda, con Venere!, proruppe Macario. I suoi tormenti non saranno mai uguali a quelli, ch'io sto provando, poiché s'ella ha il rimorso d'essersi procacciata troppo presto la morte, io ho il rimorso maggiore di averla procacciata troppo tardi.

I rimorsi, suscitati dal banchetto orgiastico e dalle sue luttuose conseguenze, stimolaron Macario a macerarsi con rinnovato ardore la carne.

— Non io mangerò le vittime dell'umana ferocia, egli diceva soffermandosi a guatare gli squartati vitelli appesi nelle botteghe e gli esili uccellini gettati in mucchio entro tombe di vimini.

— E neppure impedirò a innocenti creature di nascere!, aggiungeva passando innanzi ai canestri colmi d'uova.

— Né toglierò ai neonati, bisognosi di forze, la lor nutritiva bevanda!, conchiudeva osservando pietoso le secchie riempite di candido latte.

Anche il pane era da lui rispettato poiché, contenendo farina, rappresentava un eccidio di innumerevoli chicchi, tolti all'opera di prolificazione dalla prepotenza degli uomini. E, per ugual motivo, le dure patate e i morbidi piselli e le fave, care a Pitagora, e l'olio, protetto da Minerva, e il vino, amato da Dioniso, e le stesse frutta avean bando perpetuo dalla tavola austera.

Così, nutrendosi solo per ubbidienza alla volontà del Creatore, Macario, con le proprie mani, coglieva erbe mangerecce per i campi e poi, di scarso sale conditele, da persona semplice frugalmente si cibava. Or avvenne che un giorno, mentr'egli era intento alla consueta raccolta, un rispettabile uomo si soffermò a guardarlo.

— O esempio in terra di celesti virtù, disse l'uomo, sei tu nato veramente da creature mortali o non sei, piuttosto, il visibil segno del fallo di un immortale?

— Troppo mi lodi, rispose umilmente Macario.

— Nessuna lode uguaglierebbe i tuoi meriti, continuò l'uomo. Oh, se la pietà fosse in te pari alla frugalità, non sdegneresti di aiutare un peccatore a rimettersi sulla via della salute!

Santo era Macario; né avrebbe potuto opporre diniego a una così pia preghiera. Iniziò dunque un colloquio che, tra ammonimenti e confidenze, si protrasse quasi fino all'ora di cena.

— Ma tu permettimi di dare un solenne addio al peccato, concluse il rispettabile neofita.

— E come sarà questo addio?, chiese Macario.

— Ecco. Avrà, per antipasto, tortellini di burro schietto e pimentati salumi e acciughe di forte aroma.

— O peccatore!, gemette Macario pensoso.

— Poi, ravioli pingui di carne tritata saran deposti, ancor fumiganti, sovra la mensa. E un denso intingolo di fegatini li renderà ancor più dilettevoli.

— O peccatore!, gemette Macario rabbrividendo.

— Poi, un candido pesce profumerà, caldo, le nari, immerso nel salutifero bagno di una gialla salsa ben condensata.

— O peccatore!, gemette Macario sussultando.

— Poi, sottili fette di morbida carne arrotolata prometteranno la saporita sorpresa di una mescolanza di prosciutto e di prezzemolo e di altre ghiotte droghe, racchiuse nel lor tiepido ventre. E avranno, d'attorno, verdolina grazia di piselli misti, anch'essi, a purpureo prosciutto.

— O peccatore!, gemette Macario contorcendosi un poco.

— Quindi, un'anglica zuppa mostrerà la bianca soffice superficie di panna, arabescata da fregi di grigia cioccolata che, incrociandosi, formeranno castone per le gemme delle frutta candite. E, nell'interno, strati di creme solcheranno la massicciata dell'iberico pane.

— O peccatore!, gemette Macario, asciugandosi la fronte madida di sudore.

— Poi, vellutate pesche e albicocche color d'oro e banane dalla polpa simile a carne formeran monte sovra un vassoio. E i vini bianchi e limpidi, avanguardie del pasto, saran seguiti da frizzanti vini color rubino. E il biondo Sciampagna, con la sua filigranata schiuma dispensatrice di gaiezza, darà termine al pranzo d'addio.

— O peccatore!, gemette Macario pallido in viso.

Poi, soggiunse:

— Ma sarà un vero scialacquo!

— E tu santifica lo scialacquo con la tua presenza, disse il convertito.

— Poiché non parteciperò alla spesa, non commetterò alcun peccato!, sentenziò Macario fra sé e sé.

E i due nuovi amici, seduti di fronte in una trattoria luminosa di stucchi aurei e di lampadarii di cristallo, cominciarono lietamente a dare il melanconico addio. Venne l'antipasto, vennero i ravioli, venne il pesce fumante; e, poi, sopraggiunse l'arrotolata carne e si avanzò l'anglica zuppa e fecero mucchio le frutta.

— Io non commetto peccato, poiché disapprovo la spesa, continuava a monologare Macario vuotando i calici d'ogni forma, ove vini d'ogni colore promettevan sollievo a ogni cruccio.

Bevve tanto, il martire, che ad un tratto — le lunghe astinenze alleandosi con la nebbiosa ebrezza — cadde in un sonno profondo.

— Signore, si chiude!

Voce gentile, ma energica, di cameriere frettoloso.

Macario balzò in piedi.

— E il mio amico?, chiese.

— E uscito da un pezzo, raccomandandomi che non disturbassimo il suo riposo.

Macario si avviò, un po' vacillante, verso la porta della trattoria.

— Scusi!, continuò il cameriere tagliandogli la strada.

— Che c'è?, domandò Macario.

C'era, ben squadernato, il conto del pranzo d'addio. Ma inutilmente Macario si frugò nelle tasche: non c'era più il portafogli.

Prima di coricarsi, il martire scrisse nell'effemeride:

«La gola mi ha vinto: ma sono stato punito».

XIX

Dimesse sdrucite vesti indossava Macario. Né ristava dal predicare:

— Che cosa rappresenta l'abito, se non vana parvenza? Giudicherete voi gli uomini dall'involucro di stoffa? E quale cosa sarà, per voi, più biasimevole: una macchia sul panno o una macchia nell'anima?

Così negletto egli bazzicava fra le genti, senza badare alle lor occhiate di sbieco ed alle lor gomitate. E talvolta, vedendo una mano correre alla tasca per prender l'obolo della pietà, mormorava:

— Ecco! S'io non avessi questi umili pannicelli, non potrei conoscere il cuore degli uomini.

Un giorno s'abbatté, naso contro naso, nel rispettabil convertito del pranzo d'addio.

—Ah, canaglia!, disse afferrandolo per la giacca.

— Che modi son questi, o pezzente!, protestò l'uomo cercando di svincolarsi dalle dita tenaci.

—Pagherai il pranzo: e mi consegnerai il portafogli!, urlò Macario.

Il luogo era deserto. E le forze del martire, per virtù dell'ira, apparivan raddoppiate. L'uomo trasse fuori, dunque, il portafogli e lo restituì; ma subito dopo, afferrata a sua volta la giacca di Macario, si diede a strillare:

— Al ladro! Al ladro! Aiuto, buoni cristiani! Accorsero da ogni parte; accorsero in tanti, da sembrar nugolo di sfaccendati intorno ad un ciarlatano.

—Cos'è stato?

—Un tentativo di rapina!

—Come! Di pieno giorno?

—Questi manigoldi osano tutto.

—Povero signore! Chi sa che paura avrà provata!

—E l'altro? Guardatelo! Si capisce lontano un miglio ch'è un borsaiolo!

Intanto l'uomo spiegava:

— Mi s'è avvicinato umilmente, chiedendo che gli pagassi da pranzo. Muoveva a pietà, con quei cenci addosso e quel viso smunto: e mi ha indotto a cavare il portafogli, per soccorrerlo. Chi poteva supporre?

— Oh, ingenuo! non gli vedevi il ceffo?; domandò qualcuno di mezzo alla folla.

— Sì, è vero! Ma che colpa ho io, se sono un bonomo?

— E il portafogli dov'è?, incalzò un'altra voce.

— Frugategli le tasche. Lo troverete. E così e così!

Frugaron subito l'inebetito Macario, scovarono il portafogli e lo restituirono al bonomo; poi, mentre costui si sperdeva nel fittume della moltitudine, consegnarono il martire, pesto e sbrindellato, alle guardie.

Uscito di prigione, Macario scrisse sull'effemeride:

«Senza aver commessa colpa, sono stato punito».

E chi sa a quale doloroso soliloquio avrebbe aperti i cancelli della meditazione, se non fosse stato interrotto dall'apparire di zia Sofonisba.

— Caro nipote, disse ella con voce soave, sappi che Clorinda tua, guarita per virtù della provvidenza da un grave morbo, si trova, oggi, in estremo bisogno. Conosco la tua parsimonia, e conosco la somma, donata a te dalla consorte nell'atto della separazione onde alleviar le tue pene di orbato sposo ed evitarti di sudar con la fronte. Sii, dunque, memore: e soccorri una donna che, se fu peccatrice, oggi vive fra le braccia della Provvidenza.

— E fra le braccia della Provvidenza rimanga!, esclamò Macario. Come potrei rivolgerle parole di conforto, se la parola mi è mancata sin anche per difendere il mio portafogli?

XX

Come il poverello di Assisi, le ascetiche membra chiuse nel rozzo saio, s'aggirava per le campagne a elogiare le creature e il Creato, e con dolce nome di sirocchie salutava le alate bestiole pigolanti fra i rami e la luna navigante in eterno viaggio per i cieli silenziosi; così Macario, indossato il cilicio della penitenza, si aggirava fra gli uomini, a guisa di fratelli abbracciandoli e ricevendo con lieto cuore i loro sgarbi. Né trascorreva giorno alcuno, senza che il pio martire dèsse chiaro segno della propria benignità.

Diffusasi rapidamente la voce di quegli esemplari costumi, non ci fu persona, che trascurasse di attinger acqua lustrale alla nuova fonte di salute ponendo a dura prova la rassegnata pazienza di Macario e traendo motivo di edificazione dai risultati dell'approccio. E tale era il beneficio, elargito da quel sant'uomo non solo ai singoli, bensì anche alla collettività intiera, che nessuna lite, nessun dissidio turbava più gli animi e la contrada. Allorché, di fatti, sorgeva baruffa tra due, gli inveleniti antagonisti non tardavano a trovar sfogo e sollievo alla collera recandosi in fretta da Macario e rivolgendogli le ingiurie, che avrebber dovuto, altrimenti, barattarsi fra loro, e in pieno viso il reciproco odio sputandogli. E sulle bocche di tutti cominciò a correr proverbiale la frase:

— Goda, fra i due litiganti, Macario!

Un giorno, il pio martire capitò in un crocchio di conversatori.

— Nessuno ha diritto d'inorgoglirsi al pari di me, diceva un banchiere. L'altrui fortuna, accumulandosi nelle mie casseforti, dipende da un semplice cenno di questa mano ingemmata. E l'umanità, sotto il giogo, ara per me le terre, dalle quali il mio ozio trae pane.

— Accogli con modestia i doni del cielo!, rimbrottò mite Macario.

— Cosa vai cicalando, o uomo?, gridò un alto funzionario. Ben è vero che questo banchiere merita biasimo, poiché le lodi, ch'egli prodiga a sé stesso con tanta improntitudine, appaion sciocche se si pensi alla lor bassa origine. Cos'è, infatti, il denaro se non un semplice mezzo di scambio per i volgari bisogni del civile consorzio? Ma il civile consorzio non su quello s'impernia, bensì sovra la mia opera di regolatore delle universali faccende. Guai se interrompessi quest'opera! Il carro sociale s'incaglierebbe: e la fiaccola della discordia incendierebbe il legname di cui esso è composto. Io solo, dunque, ho diritto d'inorgoglirmi, poiché le fatiche degli uomini si svolgon sotto la guida del mio ozio oculato.

— Sii modesto nella felicità!, implorò Macario.

— Cosa vai cicalando, o poveretto!, disse un gazzettiere. Certo, ridicolo è un funzionario, se drizzi la cresta e guardi, come dall'alto di un trono, il mondo; poiché la sua potenza, basata sovra il mutevol criterio degli uomini, si risolve in fumo. Ma, a ben considerare le cose, solo noi gazzettieri avremmo il diritto d'inorgoglirci, essendo noi soli i timonieri della pubblica opinione e, quindi, dell'ordine sociale e dei patrimonii individuali. Sappia, dunque, l'umanità onorarci: e continui docile a nutrirsi delle nostre parole e a cibare, in tal modo, il nostro ozio illuminato.

— Accogli con modestia il trionfo!, gemette Macario.

— E chi sei tu, irruppero i tre contendenti unendo in fascio le lor forze, chi sei tu per osare così sciocchi cicalamenti in presenza di persone autorevoli? Credi forse, di trovarti fra mezzo a pidocchiosi tuoi pari?

— Io credo di trovarmi davanti ad uomini, che s'inorgogliscono senza ragione, replicò pacato Macario. Altri banchieri e funzionarii e timonieri della pubblica opinione hanno vissuto prima di voi. E qual merito dimostrate, or dunque, imitando e seguendo l'esempio altrui?

— E tu, ribatterono i contendenti, qual merito hai, essendo così misero e sparuto ed imbelle, nel predicar la modestia?

Macario alzò gli occhi verso il cielo, poi disse:

— Merito di tanto maggiore, in quanto, al contrario di voi, non seguo le orme di alcuno, anzi servirò a tutti di esempio.

Ma, tornato a casa, scrisse con mano tremante sull'effemeride:

«Ho peccato di orgoglio...»

Poi aggiunse:

«...e le mie ossa ne sono state punite».

XXI

Porgeva, dunque, Macario le guance alle percosse: e la sua voce si distendeva come un arcobaleno, ad annunciare agli uomini che ogni tempesta si risolve in serenità. Focosa zampillava la voce contro i prepotenti e i violenti. E i pargoli maltrattati e le spose soggette al marital dispotismo e sin anche gli animali attendevan salvezza da essa.

— Perché fai sanguinare, con le frustate, la groppa di codesto inerme asinello?, chiedeva Macario interponendosi tra la furia di un paesano e la vittima.

— Perché colpisci coi pugni codesto tenero fanciulletto?, domandava a un padre brutale fermandogli il braccio.

— Perché sfoghi l'iroso temperamento bastonando codesta tua dolce consorte?, rimbrottava collocandosi in mezzo a due coniugi in lite.

E il ciuco drizzava le orecchie, e il bimbo spalancava gli azzurri occhi, e la donna cessava di lacrimare. Ma né il bastone né i pugni né la frusta interrompevano il lor lavoro: soltanto la vittima mutava e, anziché una moglie o un bimbo o un somaro, si chiamava Macario.

I patimenti del corpo alimentavano e irrobustivano ancor più la fermezza dell'anima. E molte occasioni diedero a questa il modo di rivelare la propria inflessibilità. Un malandato giovane si presentò, un giorno, innanzi a Macario.

— So, per pubblica voce, che tu ti opponi alla violenza, disse: e poiché mi trovo nella dura necessità di morire per fame o di aggredire, in un angolo di strada, un passante, ti supplico di porgermi aiuto ond'io non commetta violenza contro altrui.

— Aiuto spirituale, certo, o giovane, rispose sereno Macario. Siedi, dunque, ed ascolta parola di pace.

Ma il giovane non sedette; anzi, uscì furibondo. E il grido di un passante, nella notte, dimostrò ch'egli era ancora acerbo per le parole di pace.

Un commerciante anziano ricorse, come a un santo, a Macario.

— So, per pubblica voce, che tu ti opponi alla violenza, disse: e poiché gravi dissesti, non da me causati, mi pongon nel doloroso dilemma di rimaner disonorato o di uccidermi, prego che un tuo generoso aiuto mi salvi dal commetter violenza contro me stesso.

— Aiuto morale, certo, o uomo dabbene, rispose mite Macario. Siedi, dunque, e ascolta parole di saggezza.

Ma il commerciante non sedette; anzi, fuggì via mugghiando. E un colpo d'arma da fuoco, nella notte, dimostrò ch'egli non era maturo a sufficienza per udir parole di saggezza.

Anche il venerando esculapio si recò a visitare Macario.

— Figliuolo, disse, se i molti consigli, ch'io t'ho impartiti nel passato, mi donan qualche diritto alla tua gratitudine, e tu pietoso soccorrimi, poiché un rovescio di fortuna mi ha vuotata completamente la borsa.

— Consigli tu mi impartisti, rispose benigno Macario. Ed ecco ch'io son pronto ad impartirti, a mia volta, consigli. Siedi, dunque, ed ascolta.

Ma il venerando esculapio non sedette; anzi, corse via bestemmiando. E, da quel giorno, rinunciò a dar consigli.

E Macario scrisse sul taccuino:

«Ho dimostrato dolcezza; ma gli uomini non mi han voluto ascoltare».

XXII

Benedetti siano gli uomini politici, poiché mirabile esempio porgono di costanza nelle opinioni. Con fermi divisamenti essi affrontano, per il pubblico bene, l'ascesa: e se questa mostri intoppi e il piede urti in un ostacolo, pronti rimuovono il sasso con la leva di una nuova e più acconcia opinione, nella quale saldi rimarranno per il seguente tratto di salita e fino ad un altro macigno.

Ugual costanza di propositi sorreggeva l'anima di Macario.

— Io credo, egli diceva, all'onestà degli uomini, poiché credo alla mia onestà.

— Perché custodisci, dunque, sotto chiave le tue sostanze?, obiettava qualcuno.

— Perché la chiave è, pur essa, un'opinione, rispondeva Macario.

Un giorno gli chiesero, in presenza di una formosa donna:

— Se tu hai così salda fiducia nella fermezza dei tuoi propositi, sfideresti le tentazioni?

— Certo, ribatté Macario. E non solo le sfiderei, ma indurrei, col mio esempio, il tentatore ad arrossire e a pentirsi.

— Porgi, dunque, esempio, lasciando che questa cortese donna ti baci e, col baciarti, rinneghi il peccato e si converta.

Come avrebbe potuto, il pio martire, sottrarsi, rifiutando la prova, a un così elementare obbligo degli uomini pii e dei martiri? Permise, dunque, Macario che la donna lo avvolgesse con le bianche morbide braccia e, con labbra di fuoco, gli arroventasse la bocca. Impallidivan le sue guance, e un copioso freddo sudore stillava giù dalla fronte. E, tuttavia, egli avrebbe sostenuto inflessibile il cimento e, forse, indotta una peccatrice a rimettersi sul giusto cammino se la tentazione, complicandosi, non fosse ricorsa alle insidie. Sì, imperterrito avrebbe resistito alle forze avversarie. Ma come vincere una forza che, con mossa fulminea, s'impadronisce dell'altrui punto debole?

Per fortuna, la Provvidenza, che vigilava sul diletto figlio, fece sì che, nel momento medesimo in cui l'ardito colpo di mano si effettuava, irrompesse entro la stanza Undimilla, vergine cugina.

— Ringrazio il cielo, esclamò costei, poiché vedo che pietoso indulgi alle femminee implorazioni. Non rifiuterai, dunque, di accogliere Clorinda tua che, oggi, priva d'ogni soccorso e ormai monda d'ogni peccato, è sola e ti invoca.

— Perché è sola?, domandò Macario. I molti amici di un tempo...

— Ahi, cugino! Un morbo crudele tolse a lei ogni desiderio di specchiarsi ed ai molti amici ogni desiderio di rivederla.

— E l'ospite, anch'esso, ha disertato?

— L'ospite ha resistito fino all'ultimo. Ma infine, il crepacuore l'ha ucciso.

— Sola è, dunque, Clorinda?, mormorò Macario pensoso.

— Sola, nel vedovo talamo, gemè Undimilla.

— E nel vedovo talamo sola rimanga, concluse Macario. Così, dopo aver provato il diletto dell'altrui compagnia, potrà assaporare le gioie, ben più salutifere, della compagnia di sé stessa.

Benedette le donne, poiché sovra le loro labbra — davanzali per il geranio del cuore — fiorisce la verità. E qual sede più acconcia avrebbe la verità, di quella offerta dall'amabile sesso? Non è, essa, nuda? E che altro chiedono le donne, se non di mostrarsi a nudo? Non vive, essa, in un profondo pozzo? E non sono profonde, come i pozzi, le donne? Non è, forse, la verità, il segno manifesto di una gran fede? E quale fede appare grande e incrollabile al pari di quella, riposta dalle donne nei lor proprii vezzi e parole?

Unica, Clorinda, avea tralignato e, con la sua propensione a spacciare bugie, recato offesa e disdoro al sesso, cui pur apparteneva.

Macario, ricordando, si afforzava sempre più nel proposito di evitar, come peste, la menzogna. Perciò, gli uomini tormentati dal dubbio ricorrevano a lui onde sciogliere i bendaggi, dai quali l'anima era fasciata.

— O Macario, il mio amico migliore mi colma di elogi e con magniloquenza esalta le mie virtù e fattezze. Ma posso reputarlo veracemente sincero?

— Il tuo amico migliore commentò, in crocchio arguto, lo sviluppo del tuo naso e la rilassatezza dei tuoi costumi, e concluse: «Egli è elefante nella proboscide, ma, nel rimanente del corpo, suino».

— O Macario, il maggior gazzettiere della città scrisse un sagace articolo esaltando l'arte e i pregi del mio ultimo libro. Ma la sua stima è veracemente profonda?

— Il maggior gazzettiere della città disse, in un crocchio di savii, che il tuo libro contiene solo tre pagine interessanti e una sola parola piacevole a leggersi: le tre pagine bianche e la parola «fine».

— O Macario, la mia consorte arde di amore per me e di continuo manifesta, nei più svariati modi, questa sua sviscerata affezione. Ma poss'io veramente fidarmi?

— Vidi tua moglie a colloquio con un giovane, in una strada appartata; e, passando d'accanto, udii che diceva: «Mio marito, quando parla, raglia, gracida quando s'intenerisce e, nell'amore, è marmotta».

Sconvolti e lacrimanti uscivano i consultatori dalla casa di Macario. E in essa, quasi subito, irrompevano gli amici migliori e i gazzettieri e le consorti. Tuttavia il martire, senza preoccuparsi delle appariscenti tracce, lasciate sulle sue guance, né delle vaste radure, aperte nella sua chioma da mani vendicatrici, continuava imperterrito nella propria missione.

In un appartamento contiguo, abitavano una madre e una figlia. La madre, donna di media età, trotterellava per le strade, rincasando di tempo in tempo assieme a compiti e sempre variati uomini. E la figlia riaccompagnava, poi, gentilmente fino alla porta i visitatori. Un giorno pervenne a Macario una lettera così concepita:

«O uomo pio, le tue vicine di alloggio, conoscendoti così virtuoso e verace e soffrendo gravi incertezze nei riguardi della lor vita, supplicano che tu, benigno, sciolga ogni dubbio col dire alla madre e alla figlia qual nome abbia la lor professione».

Macario, con mano ferma, scrisse sotto la lettera due parole, firmò e rimandò la missiva.

Ma, alla seguente alba, fu svegliato da fieri colpi sull'uscio. E, dato il passo, si vide porgere da un tetro uomo un foglietto, dal quale si deduceva che «visti e considerati i documenti ecc. e udite le parti lese» il pio martire era chiamato a rispondere di ingiurie e di diffamazione.

Esperti legulei accorsero a porgere consiglio. Ma, esaminato il caso e fatte le debite ponderazioni, ognuno scrollava melanconicamente la testa, guardando volta a volta Macario e la cassa-forte, nella quale egli avea riposta e teneva ben custodita la pecunia. Ed ecco giungere il momento fatale; ecco il reo presentarsi, dimagrito e perplesso, innanzi al magistrato.

— O uomo, che cosa avete da dire in vostra discolpa?

Macario guarda le accusatrici, esita, poi con impeto risponde:

— Nessuna ingiuria ho scritta. E la mia colpa, giuro, fu semplice colpa di omissione.

— Come spiegate, dunque, o uomo, l'epiteto rivolto alla madre?

— Volevo definirla, giuro: donna mezzana di età.

— E come giustificate l'epiteto rivolto alla figlia?

— Volevo chiamarla, giuro: fanciulla degna, per i modi e la leggiadria, di vivere in Corte.

E, tornato a casa, davanti alla cassa-forte ormai salva, scrisse sull'effemeride:

«Ho pronunciato due menzogne; e non sono stato punito».

Anche Gioseffo ebreo, durante tutta la sua Mirabile Vita, mostrò serafici i costumi e la bontà, ricercando con ardore gli uomini violenti per offrir loro l'esempio della propria docilità e amando con sommo fervore le creature e il Creato e la luna e il sole e gli uccelli.

Così generoso egli era, da voler appartenere, più che a sé stesso, agli altri; e così umile che, chiamato dal proprio re a comandarne gli schiavi, nessun argomento poté opporre a uno d'essi, che gli aveva obiettato:

— Se tu vuoi star sopra di noi, perché ti metti sempre di sotto?

XXIV

Avea dimostrata Macario, sin dalla prima infanzia, una pudicizia veramente esemplare. E se la sciagura del biberone non fosse sopraggiunta a fiaccare un poco la volontà, egli, certo, avrebbe toccato il sommo della vita vereconda per l'altrui spirituale letizia.

Tuttavia, anche in età matura e più soggetta agli stimoli sia del tempo presente sia di quello trascorso e non obliato, il pio martire continuò a vigilare sovra di sé e attorno a sé affinché l'ermellino del pudore rimanesse senza macchia né offesa. E tali erano la delicatezza dell'anima e il rigore della sorveglianza, ch'egli non solo entrava nelle botteghe dei librai a rimbrottarli aspramente se una colorita figurina, priva di veli, allettasse le curiosità cennando da una copertina di volume, ma ponevasi soventi volte di sentinella a fianco dei pubblici chiostri, ove i passanti sostano brevemente per, poi, riprendere la lor strada, e con suadenti parole induceva anche i più necessitosi a rinunciare a un atto che, compiuto in luogo pubblico, putisce sempre di sconcio. Severo con gli altri, ancor maggiore intransigenza mostrava Macario verso sé stesso, evitando perfino di prender bagni onde non rimaner scandolezzato dalle proprie nudità.

Pur tuttavia, all'apparire di madonna Primavera, il ricordo dei consigli, impartiti alla sua inquieta adolescenza dal venerando esculapio, rendeva il martire perplesso e gli facea considerare con qualche indulgenza il turbamento, da cui l'anima e il corpo — mentre verdi gemme sbocciavan sui rami degli alberi — eran sovrappresi. E poiché la verencodia ha sede esclusiva negli occhi, Macario si sottraeva al lor giudicio e rimbrotto recandosi da una pietosa vecchierella, la quale aveva acconciata una stanza con un tramezzo divisorio ove, a giusta altezza, si scorgeva un forame. Di tal modo egli, relegata dalla parte opposta del tramezzo ogni causa di scandalo, poteva intrattenersi seco stesso in savie meditazioni, mentre altre e sempre mutevoli creature, rimanendo invisibili, si intrattenevano seco lui.

Un giorno, Macario, essendo nel consueto modo, udì una voce che, dall'altra parte dell'assito, gioiosamente squittiva:

— Toh! Chi si rivede!

Voce di Undimilla vergine, che salutava una vecchia conoscenza.

XXV

Una sera di camasciale, Macario si diede a batter le strade in cerca di occasioni, che gli consentissero di dar segno delle proprie virtù. Rigido era il tempo: ma un ampio bavero di pastrano, rialzato fin sopra le orecchie, impediva al freddo d'incrudelire contro il nascosto viso del pio martire.

Sgonnellavan, da ogni parte, femminee maschere e calze di seta luccicavano a tessere elogio del lor contenuto. Macario, volgendo gli occhi d'attorno, monologava:

— Pagana è, certo, questa costumanza. E tuttavia non si può negare ch'essa porga, senza scandalo, onesto sollazzo agli sguardi. Scandalo, infatti, non c'è: poiché una stoffa trinata cela il volto alle lascive curiosità. E non si può chiamar disonesto lo sfoggio di quelle parti del corpo, che servono come sostegno al rimanente e, differenziando l'uomo dai quadrupedi, lo aiutano ad elevarsi verso il cielo.

Ma ecco che un braccio ignoto s'infila sotto il suo. E, subito, una voce pastosa, se ben in falsetto, gli mormora:

— Nulla chiedo, se non amare. Vuoi tu che, fra gelose tenebre, fondiamo assieme i nostri incendii? Domani, prima dell'alba, tu mi lascerai: e nessun indizio, nessuna immagine ricorderà all'uno e all'altra il fuggevole incontro.

Taceva, Macario, e meditava:

— Ho io provato l'amore? In gioventù, solo ombre strinsi e pugni di mosche; poi, accasatomi, null'altro, se non baratri di nequizia, conobbi.

Parve che la donna mascherata, stretta al suo braccio, comprendesse il pensiero del martire.

— Forse sino ad oggi, ella disse infatti, tu non hai conosciuto l'amore. È colpo d'ala, che t'innalza; è vertigine, che ti travolge; è fuoco, che ti consuma. Domani, allontanandoti da me, ignota iniziatrice, potrai dire di non aver invano vissuto.

Taceva Macario, pur seguendo docile la sua guida. E meditava:

— Per disprezzare e fuggire il peccato, bisogna conoscerlo. Come mi arrogherò io, debol creatura, il diritto di vituperare ciò, che non mi si è mai appalesato? E come potrò discernere un nemico, se mai non lo vidi?

— E tu non altro obolo dovrai darmi, se non l'amore, sussurrava la donna.

— Peccatrice, dunque, non è costei, concludeva Macario tra sé e sé, poiché la sua anima appare schiva d'ogni volgar mercimonio. E s'ella non pecca, neanche il suo compagno potrà esser tacciato di peccare!

Buia era la notte; ma non quanto la camera, di cui egli varcò con ginocchia un po' tremanti, la soglia.

— Dimmi parole tenere e calde, o uomo!, esortò, non più in falsetto, la voce pastosa.

Macario rabbrividì e, sciogliendo con impeto il dolce nodo, che già lo avvinceva, cercò a tentoni, dietro di sé, la parete, urtò delle dita in una valvola, la fece scattare.

E vide, in piena luce, una creatura che, tra arrossate palpebre con occhi quasi spenti lo guardava. E il volto della donna sembrava crivellata superficie di luna.

— Sei, dunque, tu, o Macario!, disse la voce pastosa.

— Ma che Macario d'Egitto!, urlò il disgraziato martire.

E svenne.

PARAGONE CON GIOSEFFO EBREO

Nella conclusione della Mirabile Vita di Gioseffo ebreo si legge l'origine di questo modo di dire, ormai entrato nell'uso. L'Autore, di fatti, narra di esser stato avvicinato da un uomo, il quale con cortesia gli richiese:

— Sei dunque tu, Nepomuceno, storico dell'egizia Alessandria?

— Ma che Alessandria d'Egitto!, rispose l'illustre scrittore. Io sono di Alessandria del Piemonte.